Bibi the Hedgehog

圖 / 文：邱宇晴

此書送給我最愛的刺蝟小鼻

我的麻麻讓我住在
舒適的窩裡。

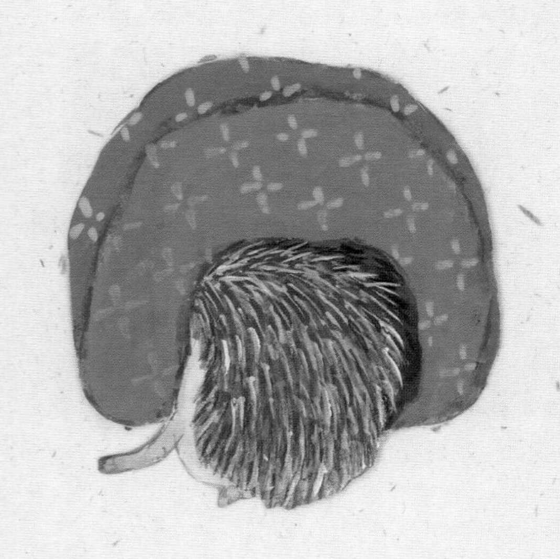

好擠、好暖和、
好適合睡覺…

（我睡醒了！）

麻麻還給我一個大滾輪，
讓我不停地跑，
發出咔、咔、咔 ...... 的聲音。

麻麻每天都會餵我很多很好吃的 ...

（咔滋咔滋 ...）

... 蟲蟲！

但是，我的麻麻非常愛哭 ......

我的麻麻很常在哭，
她還吃很多的藥，
我都不知道為什麼。

今天麻麻一直發呆，我不知道她在想什麼。
但是她怎麼可以都不理我呢！

我決定叫她一下！

麻麻、麻麻！

（咬她一下！）

麻麻大叫一聲！接著低頭看到是我在咬她……

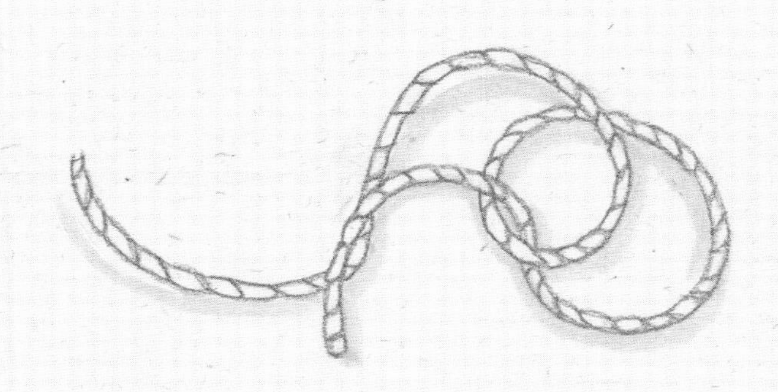

麻麻低頭望著我，

她看了我好久，
我也很專心地看著她…

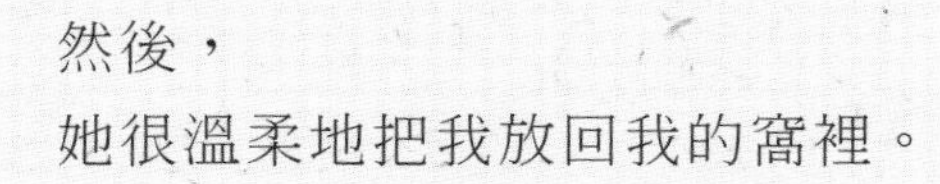

然後，
她很溫柔地把我放回我的窩裡。

那天下午，我做了一個夢。
我夢到自己變得好大好大隻……
（通常我只會夢到自己在跑滾輪或吃蟲蟲）

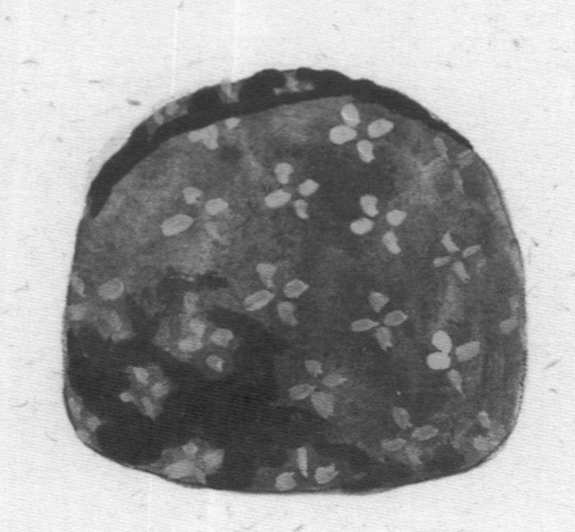

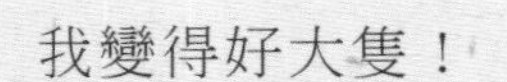

我變得好大隻！
我可以把麻麻放在背上，載她去我最喜歡的草地上玩耍，
我會跑得比我跑滾輪還要快！

Cafe
Feb.2

我可以和麻麻一起喝下午茶，就在美麗的街道旁。
麻麻會請我吃她最愛的杯子蛋糕和鬆餅！
雖然，我覺得應該還是我的蟲蟲比較好吃。

下雨了，我可以幫麻麻撐傘！
雖然，我好像不小心把雨傘刺破了…

晚上，我可以陪麻麻一起看書。
麻麻很愛看書，平常她總是會抱著我、和我講故事，
現在終於輪到我講故事給麻麻聽了！
雖然 ... 我知道的故事並沒有很多。

LIFE
AS
A
HEDGEHOG

我可以把麻麻抱在懷裡，跟她說：
麻麻，我真的好愛妳！

... 我真的好愛你 ...

有聲音在我耳邊這樣說，
我睜開眼，看到麻麻抱著我，她說：
我真的好愛你，我不會離開你。

我也不會離開妳啊麻麻！

圖/文 創作者　**邱宇晴**

畢業於輔仁大學影像傳播學系，及國立臺北藝術大學藝術與人文教育研究所，喜歡透過創作述說關於心靈遭遇毀壞後殘存或被療癒的故事。

個人網站：yuchingchiu.com

小鼻

圖・文　邱宇晴
校　對　邱宇晴
網　址　yuchingchiu.com
出版編印　吳適意、林榮威、林孟侃、陳逸儒、黃麗穎
設計創意　張禮南、何佳諠
經銷推廣　李莉吟、莊博亞、劉育姍、王堉瑞
經紀企劃　張輝潭、洪怡欣、徐錦淳、黃姿虹
營運管理　林金郎、曾千熏
發行人　張輝潭
出版發行　白象文化事業有限公司
412台中市大里區科技路1號8樓之2（台中軟體園區）
出版專線：（04）2496-5995　傳真：（04）2496-9901
401台中市東區和平街228巷44號（經銷部）
購書專線：（04）2220-8589　傳真：（04）2220-8505
印　刷　基盛印刷工場
初版一刷　2020年12月
ＩＳＢＮ　978-986-5559-31-1
定　價　300元